The things we said

NANCY HUSTON

PHOTOGRAPHIES DE FRANCIS JOLLY

Choses dites

L'ICONOPOP

À Chloé Baker

Note de l'autrice

C'est en anglais que ce cycle poétique a jailli de ma plume entre janvier et juin 1991, j'en ai fait une adaptation libre en français un peu plus tard. Celle-ci a été diffusée sur France Culture et a fait l'objet, au long des années, de plusieurs lectures publiques.

Je remercie pour leurs amicaux conseils stylistiques, en v.f., Alexandre Bord et Katia Wallisky; en v.o., feu C.K. Williams et, surtout, Denis Hirson.

"Take what you want and pay for it."

OLD SPANISH PROVERB

« Prends ce que tu veux, et paie. »

VIEUX PROVERBE ESPAGNOL

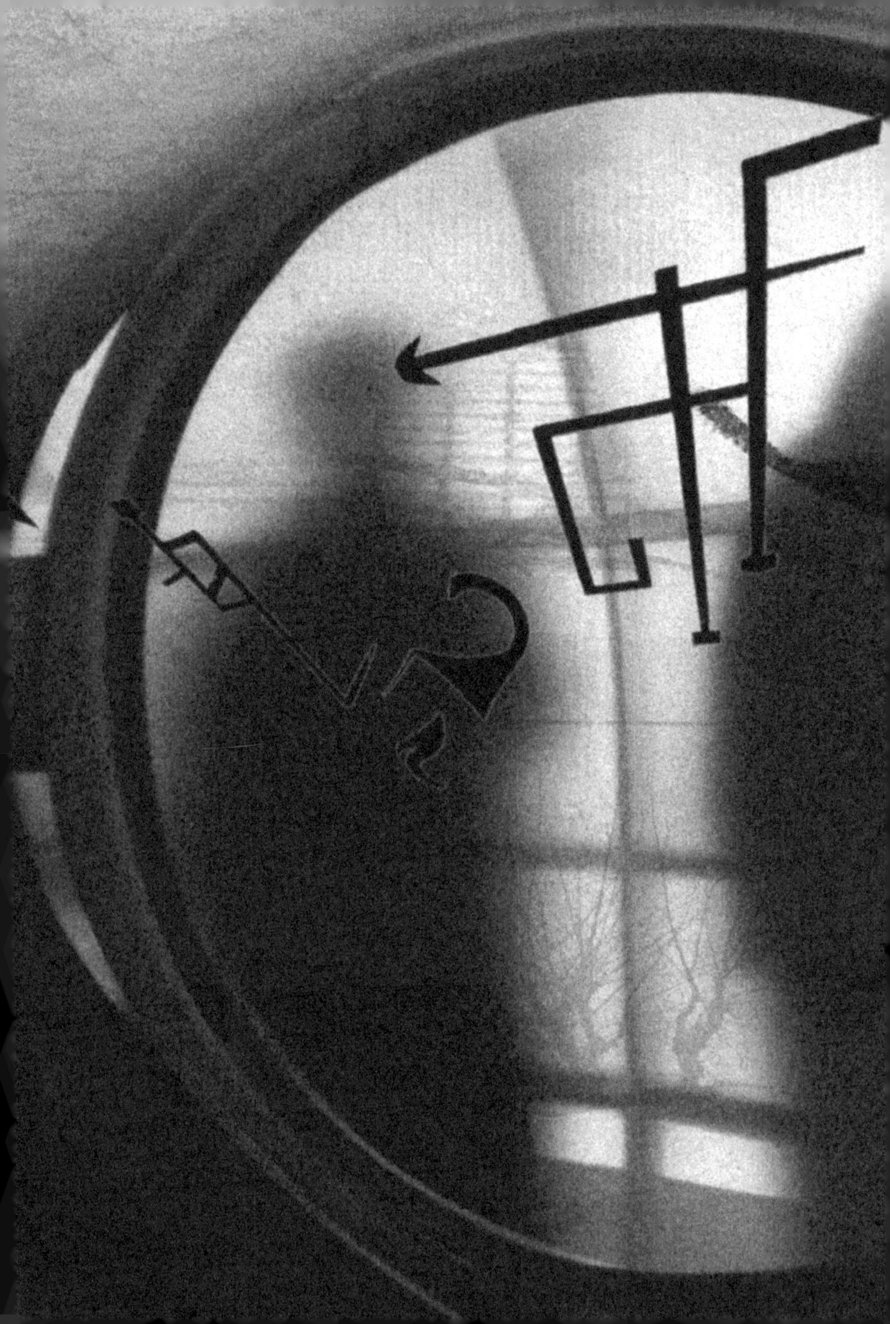

THE LITERATE LEMMINGS

for ages we'd been cavorting
on the cliff-edge
proud of our precariousness
contemptuous of the swarms
that kept rushing blindly past us
to their deaths

then we happened on each other
and it seemed to be a sign

the sign said: this way to happiness
it pointed straight to the void

unable to refrain from proving that
unlike the other lemmings
we knew how to read
we grabbed hands and ran for it

LES LEMMINGS CULTIVÉS

longtemps nous avions gambadé
au bord de la falaise
fiers de notre précarité
et méprisant les foules
qui aveugles se précipitaient
vers leur mort

un jour nos chemins se sont croisés
et ce fut comme un signe

un panneau qui disait : par ici le bonheur
et pointait l'abîme

impatients de prouver que nous
à la différence des autres lemmings
nous savions lire
on s'est pris par la main et on a sauté

THE FALL

as we fell
convinced that what we were falling into
was love

oh no not this again we said
to ourselves and to each other

not this rushing awash

not this breath-taking sweep
of life through the body

not this exquisite electricity
whipping the jaded whorls of the brain

it is too late, too good
to be true

this was our only accurate
appreciation of the situation
for months to come

LA CHUTE

en tombant
convaincus que ce vers quoi on tombait
était l'amour

oh non ! disions-nous, pour nous-même et pour l'autre
pas ça ! pas ça encore

pas ce torrent qui roule et chamboule tout

pas cette invasion soufflante
de vie à travers le corps

pas cette exquise électricité
fouettant les volutes blasées du cerveau

trop tard, trop beau
pour être vrai

ce furent là nos seuls et uniques
propos lucides
pendant des mois

BEFORE FIRST SIGHT

we'd hedged and hemmed and hawed over the telephone
testing and tasting each other's voices
should we meet

after all I was only the friend of a friend
or as I later learned of an enemy

what finally convinced you but then convinced you
entirely
was when I said you know to tell the truth
I'd really love to have a drink right now

only afterwards understanding that to your ears
the letters of drink were in capitals

JUSTE AVANT LA FOUDRE

atermoiements multiples au téléphone
goûtant et écoutant nos voix
devions-nous faire connaissance ?

après tout je n'étais que l'amie d'un ami
(ou, comme je l'ai appris plus tard, d'un ennemi)

ce qui a achevé de te convaincre
c'est quand j'ai dit : pour être honnête
j'aurais envie de boire un verre tout de suite

ce n'est que bien plus tard que j'ai compris :
pour toi le mot boire s'entendait en lettres majuscules

SECOND SIGHT

I know it's a cliché we said, reminiscing
two or three days after our first encounter

but the minute I set eyes on you
I had the strangest sense of re-
cognition

cognize again, buddy

SECONDE VUE

certes c'est un cliché, se disait-on,
en se remémorant cette première rencontre
deux ou trois jours plus tard mais
dès le tout premier regard échangé
j'eus la sensation étrange de te re-
connaître

c'est ça, c'est ça, on connaît la chanson

REASSURANCE

I said I have demons
that's ok you said I'll kill them

I said I have hang-ups
that's ok you said I'll kill them

I said I have children I have friends I have
another world another language
and my precious work to do

that's ok you said that's ok
don't worry…

RÉASSURANCE

tu sais j'ai des démons, j'ai dit
t'en fais pas, tu as dit, je les tuerai

j'ai des névroses aussi
t'en fais pas, tu as dit, je les tuerai

mais j'ai aussi des enfants
des amis un autre monde une autre langue
et mon précieux travail à accomplir

c'est pas grave, tu as dit,
ça ira ne t'en fais pas…

GENEROSITY

look around my house you said
take anything you want
take anything at all please
it's all yours
take this, take that
take this, take that
take that!
and that!
and that!

GÉNÉROSITÉ

fais le tour de ma maison, as-tu dit,
prends tout ce que tu veux
oui prends n'importe quel objet je t'en prie
tout est à toi
prends ci, prends ça
et ceci, et cela
tiens, prends ça !
et paf !
et schlak !

NOWHERE

where you been all my life sweetheart
we asked each other and answered, lying,
nowhere, jes' waitin' around for you

when it turned out we'd both been somewhere
we were shocked at the betrayal
and tried to fuck it into oblivion and failed

now tell me
where you gonna be the rest of my life sweetheart?

NULLE PART

où as-tu passé toutes ces années mon amour
nous disions-nous, et on mentait en répondant
nulle part, je n'ai fait que traîner en t'attendant

quand il s'avéra qu'on avait été quelque part
estomaqués par la trahison
on a cherché à l'oblitérer par la baise

mais sans succès, maintenant dis-moi
où passeras-tu les années restantes mon amour?

MAGNANIMITY

I even love your faults!
we protested with great ardor
because we hadn't seen them yet
and our qualities seemed to shine
into the blackest recesses of the universe

ah your sweet weaknesses we murmured
oh your endearing shortcomings
the signs of ageing on your body
the scars on your soul
other, similar bullshit

MAGNANIMITÉ

même tes défauts je les aime !
on a protesté avec ardeur
parce qu'on ne les avait pas encore vus
et nos qualités semblaient briller
jusqu'aux tréfonds les plus obscurs de l'univers

oh tes chères faiblesses murmurait-on
ah tes travers attachants
les signes du vieillissement sur ton corps
les cicatrices sur ton âme
et autres fadaises du même tonneau

OUR INVENTIONS

we invented brand new words
love I love you no one had ever said that before

life rhymed with wife, endlessly into the night
husband was a giddy flight of swallows
to say nothing of child, children, our children

these things had occurred to no other human being
until we came along, indeed
no other being had been quite human had they
until we came along

bliss we invented also for example
and come made us laugh every time
come on come here come over and so on and so forth
no one had ever thought of that before

holding hands made us proud as Thomas Edison
we'll go down in history we said
for that revolutionary discovery

no one had thought of putting
these parts of body, these parts of speech
together, ever

NOS INVENTIONS

on a inventé des mots tout neufs
amour je t'aime personne n'avait encore dit ça

vie rimait avec amie jusqu'au cœur de la nuit
mariage était un vol vertigineux d'hirondelles
sans parler d'enfant, des enfants, nos enfants

avant nous deux, ça n'était venu
à l'idée d'aucun être humain, et d'ailleurs
avant nous deux, aucun être
n'avait été tout à fait humain n'est-ce pas

le mot joie aussi on a inventé, par exemple
et le mot viens nous faisait rire à chaque fois
allez viens, viens ici, viens voir un peu, etcetera
nous seuls étions tombés sur cette blague

se tenir par la main nous rendait fiers comme Edison
nous deviendrons célèbres disions-nous
pour cette découverte révolutionnaire

personne n'avait jamais songé
à juxtaposer ces parties du corps
ces parties du discours, non, jamais

OUR VISION

we made an appointment with the eye-doctor
he said you were far-sighted and I was near-sighted

we said fine, that way
we'll have 20-20 vision between the two of us

we turned to gaze deeply into each other's eyes
and went blind

NOTRE VISION

on a pris rendez-vous chez l'ophtalmo
il a dit que tu étais presbyte, moi myope

tant mieux, on s'est dit, comme ça
à nous deux on aura une vision 10 sur 10

se tournant pour se regarder au fond des yeux
on devint aveugles

THE THINGS WE SAID

nobody ever before
(so many of our sentences started out that way)

nobody ever before
(that in itself should have made us smell a rat –
statistics had been ganging up on us since birth)

nobody ever before
had made me tremble liquid in public
melt into pleasure or pain
at friends' dinner tables
in rush-hour subways
over pay-telephones

the things we said
yes just with words, imagine
could inundate our thighs and cheeks

and we'd conceal the disturbance
behind dark glasses or bright stares

CHOSES DITES

personne jamais
(tant de nos phrases commençaient ainsi)

personne jamais
(ç'aurait dû nous mettre la puce à l'oreille –
les statistiques se liguaient contre nous depuis des siècles)

personne jamais
ne m'avait fait trembler liquide en public
fondre de plaisir ou de douleur
à table chez des amis
dans le métro à l'heure de pointe
dans une cabine téléphonique

oui ces choses dites
rien qu'avec des mots, tu te rends compte
faisaient ruisseler nos cuisses ou nos joues

et on dissimulait le trouble
derrière des lunettes noires ou des regards vitreux

THE WILD WEST

I'll be your wild horse I told you
and you be my wild rider
you said it was a deal

but deep down in your heart
you suspected the horse
of wanting to tame its rider

meanwhile back at the ranch
I suspected the rider
of wanting to buck off his horse

IL ÉTAIT UNE FOIS DANS L'OUEST

je serai ton cheval sauvage, t'ai-je dit
et tu seras mon cavalier sauvage
marché conclu, dis-tu

… en ton for intérieur
tu soupçonnais le cheval
de vouloir dompter son cavalier

… de mon côté
je soupçonnais le cavalier
de vouloir désarçonner son cheval

FRIENDS

you certainly are brave
my friends told you
we always thought she had a happy marriage

you certainly are brave
your friends told me
he's been a lonely wanderer for years

we smiled mysteriously, tossed our terrors
to the wind and the wind
splatted them back in our faces

upon which

she didn't deserve you anyway
your friends told you and

he would have devoured you whole
my friends told me

oh we certainly have good friends
no doubt of that

LES BONS AMIS

vous avez bien du courage
te dirent mes amis
elle paraissait si heureuse dans son couple

vous avez bien du courage
me dirent tes amis
c'est un loup solitaire depuis si longtemps

avec un sourire énigmatique on a balancé
nos terreurs au vent, et le vent
nous les a renvoyées en pleine gueule

et désormais

elle ne te méritait pas
te disent tes amis et

il t'aurait bouffée toute cru
me disent mes amis

ah on a vraiment de bons amis
aucun doute là-dessus

CONVERSATIONS LATE INTO THE NIGHT

with deadly accurate aim
we threw our pasts at
each other's feet and

our presents at
each other's hearts and

our futures in
each other's faces

CONVERSATIONS
TARD DANS LA NUIT

au cours de nos conversations
tard dans la nuit chacun jetait son passé
aux pieds de l'autre

et son présent
au cœur de l'autre

et son avenir
à la figure de l'autre

GUIDED TOUR

this is my body, take, eat,

this is my childhood, do not take it lightly

this is where God used to sit, a seat
that has been gathering dust for years

here's where I keep my music and this is the sacred fount
from which my words well up and flow onto the page

here stand my relatives and here throng my students
here's the dark cave for the deaths I have mourned

here's where I store, neatly layered on shelves,
the most memorable of my love affairs

and this, over here, is the space that has always
been reserved for you –

yes, here –

right here –

can't you see it?

VISITE GUIDÉE

ceci est mon corps, prends, mange,

ceci est mon enfance, ne la prends pas à la légère

là fut autrefois la place de Dieu, siège où
s'amasse de la poussière depuis longtemps

par là, c'est ma musique,
par ici, la source sacrée
d'où mes mots fusent avant de couler sur la page

en haut se tiennent mes proches
en bas grouillent mes étudiants
voici le caveau des morts que j'ai pleurés

sur ces étagères sont soigneusement rangées
les plus mémorables de mes histoires d'amour

et voici maintenant l'espace que j'ai toujours
gardé prêt pour toi –

oui, là,

là, sous tes yeux,

tu ne le vois pas?

YOU'RE HOLDING BACK

you're holding back

we whispered in
each other's ears

I know you're giving more than ever
in your life before but still

I feel that something, yes something
even now, is being withheld

I need to be absolutely sure
that every minutest particle of your being

gets taken in my arms

pressed to my heart

burned to a cinder

TU TE RETIENS

tu te retiens

chuchotions-nous
à l'oreille l'un de l'autre

je sais que tu te donnes plus
que tu ne l'as jamais fait et pourtant

il me semble que – oui même maintenant
tu retiens quelque chose

il faut absolument
que chaque menue parcelle de ton être

soit prise dans mes bras

serrée contre mon cœur

réduite en cendres

MODESTY

in all modesty, you said –
droplets slithering their way amongst
the hairs on your tummy and
sliding unimpeded down the smooth
surface of your buns as
you rose and reached for a towel
in which to enfold me
when I stood up in turn –
I believe my work
has transformed

the language

MODESTIE

en toute modestie, m'as-tu dit –
des gouttelettes serpentant parmi
les poils sur ton ventre et
glissant sans entrave le long
de tes fesses lisses tandis que, te levant,
tu as tendu le bras pour attraper une serviette
dans laquelle m'envelopper
quand je me lèverais à mon tour –
je crois que mon travail a transformé

la langue

POETRY

I am lonely you said
I have a deep ineradicable pain

I can fix that I said

What? you said – and destroy
my profession, my calling
my sacred vocation? –

castrating bitch

POÉSIE

je suis si solitaire, as-tu soupiré
j'ai une vieille douleur indéracinable

je m'en occupe, ai-je répondu

quoi ? fis-tu en bondissant – et détruire
ma profession, mon travail,
ma vocation sacrée ?

salope castratrice

CHIAROSCURO

we'd be whistling together
light of heart in the light of day and all at once

the abyss

no I didn't hear that

no you can't have said that

and we'd resume whistling
tum teedle-um teedle-um-tum-tum

whistling again
but now whistling
in the dark

CLAIR-OBSCUR

on fredonnait ensemble
le cœur léger dans la journée lumineuse
et tout d'un coup

le gouffre

non je n'ai pas entendu ça

non tu n'as pas pu dire ça

alors on se remettait à fredonner
tra-la-la, tra-la-lère

fredonnant toujours
... mais conscients de le faire seuls désormais
et dans le noir

PASSION

save me, we begged each other
and then turned away, disgusted

at the sight of rusty nails in
hands and feet, bloody forehead,
gored ribcage – Jesus Christ!

we said, spitting on the ground
can't you save me without dying?

PASSION

sauve-moi ! suppliait-on
avant de se détourner, écœurés

de voir les clous rouillés
fichés dans les mains et les pieds,
le flanc transpercé, le front en sang – Bon Dieu !

jurait-on, crachant par terre
tu ne peux donc pas me sauver sans clamser ?

PÈRE LACHAISE

we soon came to prefer the company
of the dead

like theirs, our possibilities
were limited

if anyone asks you how on earth we'll manage
you instructed me, tell them yes it's true

a few details still need ironing out but
we've got the plots

PÈRE-LACHAISE

on en est venu à préférer
la compagnie des morts

comme les leurs, nos possibilités
étaient restreintes

si quelqu'un te demande, me dis-tu, comment
on va s'en sortir, dis-leur que oui certes

il nous reste quelques détails à régler mais
on a les concessions

PROOF

in a matter of months we had amassed
reams of evidence

fat photo albums, family trees and ties
tales of friends from youth and elsewhere

gifts and memories of gifts
private jokes that seemed to date back to childhood

songs that set us weeping as we danced
letters galore and monstrous travel expenses

a decade's worth of phone bills
an apartment with our names on the doorbell

and rows of empty bottles on the kitchen floor
surely this was proof enough

sixty-proof, ninety-proof
proof enough

PREUVES

en l'espace de quelques mois on a amassé
des quantités de preuves

gros albums photos, arbres généalogiques
histoires de nos amis de jeunesse et d'ailleurs

cadeaux et souvenirs de cadeaux
histoires drôles qui semblaient remonter à l'enfance

chansons qui nous faisaient pleurer en dansant
lettres à la pelle, frais de voyage monstrueux

factures de téléphone pour toute une décennie
appartement avec nos noms sur la sonnette

rangées de bouteilles vides dans la cuisine
reflétant la teneur incandescente de notre amour

soixante degrés, quatre-vingts degrés
jamais assez

WHERE THERE'S A WILL...

at first
I loved you with all my might –
with all my will

then
I loved you with all my might not
with all my won't

SAUVETAGE

on nageait l'un et l'autre tant bien
que mal dans les hautes mers
sans avancer vraiment mais
restant malgré tout en vie

et puis, se voyant soudain,
persuadé que l'autre
était enfin la *terra ferma*
on s'est sauté au cou

MUSEUM

this is the seventeenth-century
painting depicting the first visit
of baby Jesus to the temple

bearded rabbis in a swirl of colored robes
bending over him with a knife

that made us fight for hours
about whether or not to circumcise
our son not yet
conceived

MUSÉE

voici le tableau du dix-septième siècle
montrant la première visite
du petit Jésus au temple

des rabbins barbus aux robes tourbillonnantes
se penchent sur lui avec un couteau

qui a provoqué entre nous une sacrée dispute
pour savoir si oui ou non il fallait circoncire
notre fils pas encore
conçu

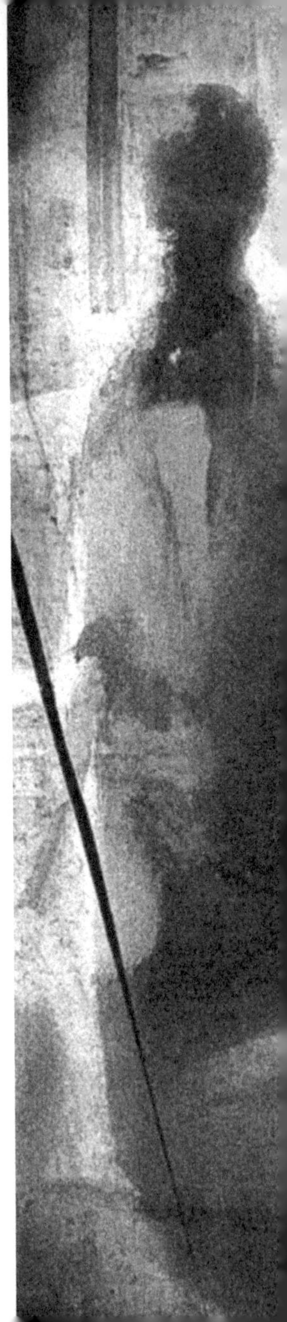

PROMISES, PROMISES

I thought you said
you loved me

I do, I do

I thought you said
you'd love me forever

I did, I did

I thought you swore to me
by everything you held sacred
you loved me as your very self

it's true, it's true

the problem is
I've always been intensely
masochistic

TOUJOURS DES PROMESSES

tu m'as dit que
tu m'aimais

je t'aime, je t'aime

tu m'as dit que
tu m'aimerais à tout jamais

mais oui, mais oui

tu m'as juré
par tout ce que tu tiens pour sacré que
tu m'aimerais comme toi-même

c'est vrai, c'est vrai

le problème c'est que
j'ai toujours été profondément
maso

CASTLES

we would build them during the day, our castles
with the sweat of our brows and the hope of our hearts

then during the night you would sneak
out of bed, smash a window and return
to lie down next to me, pretend to be asleep

and I would vanish, ostensibly for a visit
to the bathroom but in fact on the way back
set fire to a few of our most cherished plans

the next day we would renew our building and
the next night wreak fresh havoc in the dark

until finally I simply slipped down
into the foundations of our love and
lit the fuse on the bomb we'd planted there

CHÂTEAUX

on les échafaudait le jour nos beaux châteaux
à la sueur de notre front et le cœur à l'ouvrage

puis pendant la nuit tu te faufilais hors du lit
fracassais subrepticement une vitre puis revenais
t'allonger près de moi, faisant semblant de dormir

et moi je m'éclipsais, prétextant une visite
aux cabinets, mais en revenant foutais le feu
à quelques-uns de nos projets les plus chers

le lendemain on recommençait nos constructions et
la nuit suivante on faisait de nouveaux ravages dans le noir

si bien qu'en fin de compte, me laissant dégringoler
jusqu'aux fondations de notre amour,
j'ai allumé la mèche sur la bombe qu'on avait posée là

SYNCOPATION

we would be dancing in absolute
synchrony like the two halves
of Plato's hermaphrodite and then

suddenly I would make some move
a perfect stranger perfect enemy
sort of move and you

would dash off and fix yourself a drink
to calm your nerves and your departure
would scare me so I'd make a phone-call and

by the time you got back
ready to resume dancing I'd be laughing at some
inaudible joke so you'd have another drink and

by the time I got back
ready to resume dancing you'd be plunged

into some private torment, something from the past
perhaps, in any case unshareable

so I'd begin to read a book and
by the time you emerged

ready to resume dancing I'd have found
a gloom of my own and

SYNCOPES

on dansait ensemble dans un absolu
synchronisme telles les deux moitiés
de l'androgyne platonicien, lorsque soudain

j'ai fait un geste qu'aurait pu
faire un parfait inconnu
une parfaite ennemie

et toi tu as couru à la cuisine boire un coup
pour te calmer les nerfs et ton départ
m'a effrayée alors j'ai passé un coup de fil – et

quand tu es revenu
prêt à reprendre la danse je riais aux éclats à
une blague inaudible alors tu t'es resservi à boire – et

quand j'ai raccroché
prête à reprendre la danse tu étais plongé

dans quelque tourment privé, une chose du passé
sans doute, en tout cas impossible à partager

alors j'ai commencé à lire un livre – et
quand tu as émergé

prêt à reprendre la danse j'avais trouvé
une ombre à moi – et

DIARIES

she is a dreamboat, you wrote
and heaved a sigh

sinking in the mud

I could marry him, I wrote
and heaved a sigh

or banish him to hell
and marry him there

we came away smiling from our desks
embraced and murmured well,

an old Hitch-
cock now?

CARNETS

elle est ma bonne étoile, as-tu écrit
en poussant un soupir

étoile aussi mal lunée que d'habitude

je pourrais l'épouser, ai-je écrit
en poussant un soupir

ou le chasser aux confins de l'enfer
et l'épouser là-bas

puis chacun quittait son bureau tout sourire
pour s'enlacer et se murmurer : que dirais-tu

d'un Go-
      dard ?

MY BLOODY BROTHER

during one of our endless walks through the city
since walking was a thing we did beautifully together

we decided well since we are so very close
almost siblings really, almost twins

we should make a sort of pact
mix a few drops of our blood

you cut off your left leg and
I my right

MON FRÈRE SANGLANT

un jour que nous marchions à travers la ville
– car marcher ensemble, on le faisait à merveille –

on a décidé : eh bien puisqu'on est si proches
presque frère et sœur vraiment, presque jumeaux

on devrait conclure une sorte de pacte
mélanger quelques gouttes de sang

tu t'es tranché la jambe gauche
moi la droite

PATRIOTISM

the first month we talked ourselves blue in the face

the second month red in the face

the third month white in the face

then blackout

ARC-EN-CIEL

chéri tu m'en as vraiment fait voir
de toutes les couleurs

sans parler
du noir
si noir

YOUR SILENCES

sometimes they were pointed
as when I tried to tell you
a story full of twists and subtle ironies

gradually losing my self-confidence and animation
stuttering then stumbling, mumbling, finally
cringing red and shutting up in shame

sometimes they were pregnant
lasting whole days and ending in delivery

joyful heaves of phrases
powerful spurts of laughter

over the telephone
to a faraway friend

and sometimes they were dead
dead

as if all was
said and done

TES SILENCES

parfois ils étaient hostiles
comme le jour où j'ai entrepris de te faire
un récit plein de péripéties et d'ironies subtiles

perdant peu à peu confiance et courage
balbutiant puis trébuchant, marmottant
pour me taire enfin, cramoisie de honte

d'autres fois ils étaient lourds de sens
duraient des jours et des jours
finissaient en une délivrance grandiose

un lâcher de phrases joyeuses
des cascades de rire

au téléphone
avec un ami lointain

d'autres fois encore ils étaient morts
morts

comme si tout était dit
déjà

DOGHOUSE

that morning I saw you had retreated
into your doghouse once again

I came over, got down on my knees
looked into the dark and tried to coax you out

kootchie kootchie coo
what's wrong my little puppy

you can trust me, please come out
come my sulky thing
there's nothing you can't tell me
I promise I'll be nice

a hesitant paw appeared
and wham bang

my bludgeon

LA NICHE

ce matin-là j'ai vu que tu t'étais encore
réfugié dans ta niche

je suis venue m'agenouiller devant l'entrée
pour scruter le trou noir, t'inciter à en sortir

viens mon bijou bisou bijou
qu'est-ce qui ne va pas mon toutou chéri

sors je t'en prie, fais-moi confiance
viens mamour boudeur, tu peux tout me dire
je serai gentille je te le jure

une patte hésitante est apparue
et vlan

mon gourdin

FEARLESS

we're in the middle of this jump, you see
it's clear there is no net

only fearlessness can save us

if I'm afraid you'll be afraid

if you're afraid I'll be afraid

the least glance downwards and we're dead

we know that both of us are strong
and now or never is the time to prove it

but I'm afraid you're going to be afraid

and you're afraid I'm going to be afraid

and we just can't seem to get across that
goddamn void

INTRÉPIDITÉ

on est en plein saut, vois-tu
et de toute évidence il n'y a pas de filet

seule l'intrépidité peut nous sauver

si j'ai peur tu auras peur

si tu as peur j'aurai peur

le moindre coup d'œil vers le bas et on est morts

on sait qu'on est fort l'un et l'autre
c'est le moment ou jamais de le prouver

mais j'ai peur que tu aies peur

et tu as peur que j'aie peur

et on n'arrive pas tout à fait à franchir
ce putain d'abysse

FUN

I put jazzy lipstick on my wounds
so they could kiss yours

I spliced my nerve-endings into fingers
so they could hold hands with yours

I slipped my problems into spike heels
so they could dance the tango with yours

bending over backwards until
their spinal columns snapped

oh boy
fun

TANGO

j'ai mis du rouge à lèvres sensass sur mes blessures
pour qu'elles baisent les tiennes

j'ai transformé mes nerfs en doigts
pour qu'ils prennent les tiens par la main

j'ai fourré mes problèmes dans des talons aiguilles
pour qu'ils dansent le tango avec les tiens

basculant en arrière
à s'en fissurer les vertèbres

ah pour ça, notre pied,
on peut dire qu'on l'a pris

TRUST

by now we could scarcely look at each other
each of us dreading to see hopelessness
in the other's eyes
and intent on hiding the hopelessness
in our own

we were fighting a losing battle
– but separately –
against the world, time, our own stories
this was what we admitted when we said
over and over, oh darling, if only we'd met
twenty years ago, at Cambridge
Trust

CRÉDIT MUTUEL

on ne se regardait presque plus
chacun craignant de voir le désespoir
dans les yeux de l'autre
et s'efforçant de cacher le désespoir
dans les siens

on livrait – mais séparément –
une bataille perdue d'avance
contre le monde, le temps, notre propre histoire
c'est pourquoi on soupirait, en répétant
encore et encore, ah ! si seulement
on s'était rencontrés il y a vingt ans
au Crédit Mutuel

PHILOSOPHY

we dreamed of having pigs
and angels

we planned on being pigs
and angels

but somehow mind and body got their wires crossed

and before long the angels were baring their behinds
snorting and grovelling in the mire and filth

while the fat pink piglets sprouted wings
and went flitting off into the blue, blue sky

PHILOSOPHIE

on rêvait d'élever des cochons
et des anges

on espérait devenir des cochons
et des anges

mais, va savoir comment, esprit et corps
se sont emmêlé les pinceaux

bientôt les anges montraient leur derrière
en s'ébrouant et se vautrant dans la boue

tandis que les porcelets roses et gras
se sentant pousser des ailes
ont commencé à voltiger dans le ciel d'azur

ARGUMENT

let's call it
a draw

no, let's call it
a day

no, let's just call the whole thing
off

DISPUTE

match annulé
pour mauvais temps

non, match nul
un point partout

non, match nullissime
un point c'est tout

HYPERÆSTHESIA

until I met you darling
I was completely
cut off from my feelings

now I can feel at last!
almost every day
I scream and writhe
on the ground in agony

GUÉRISON

jusqu'à ce que je te rencontre, mon amour
j'étais complètement coupée
de mes sentiments

maintenant je sens enfin quelque chose !
quasiment chaque jour
je hurle, me jette par terre
me tords de douleur

THE EIFFEL TOWER

I hate to sound melodramatic
one or the other of us would say

several times a day with a sleazy grin

but let's commit suicide together

LA TOUR EIFFEL

sans vouloir être mélodramatique,
se disait-on à tour de rôle

plusieurs fois par jour avec un sale sourire,

le mieux serait de se suicider ensemble

A

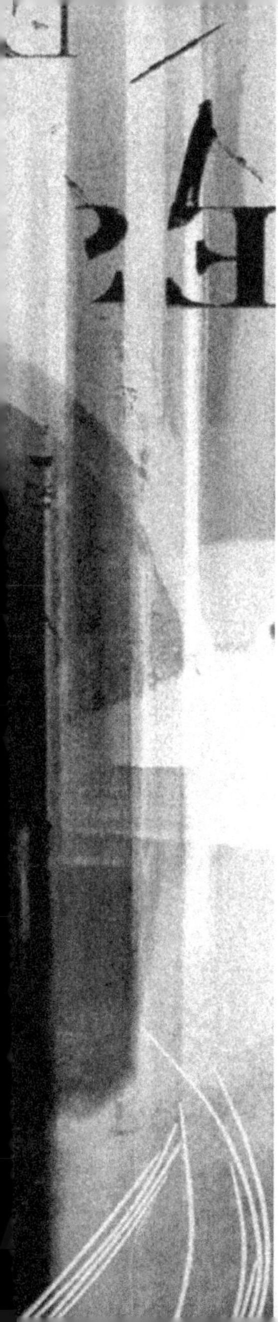

THE OTHER SIDE OF OUR MOUTHS

our funky jokes continued to the last

like the one about your seamen
encountering the great white whale

or the one about orgasms
being strictly for hicks

or when I said – remember,
the morning before you left forever –
let us marshall our heir forces

RIRES JAUNES

jusqu'à la fin fusèrent nos plaisanteries douteuses

comme celle au sujet de tes marins
voguant à la poursuite de ma baleine blanche

ou celle selon laquelle l'orgasme
était bon pour les ploucs

ou quand j'ai dit – oui, souviens-toi,
le matin même de ton départ irrévocable –
y a-t-il une petiote dans l'avion ?

THE WHOLE STORY

we laughed

until

we cried

TOUTE L'HISTOIRE

nous avons ri

aux larmes

SURGERY

you said you could replace my heart for me
and since it had been broken for ages I

accepted joyfully, convinced
you were Christiaan Barnard
and would give me a brand-new heart

halfway through the operation I realized
you were Mengele
and there was no anæsthesia

when it was all over I discovered
you were God
and there was nothing I could do
about not having a heart anymore
you had replaced it

so I murdered you and told the world
God is dead

CHIRURGIE

tu as dit que tu pouvais remplacer mon cœur
et comme il était brisé depuis longtemps

j'ai accepté avec joie, convaincue
que tu étais Christiaan Barnard
et que j'aurais bientôt un cœur tout neuf

au milieu de l'intervention j'ai pigé
que tu étais Mengele
et qu'il n'y avait pas d'anesthésie

quand tout fut terminé j'ai découvert
que tu étais Dieu
et qu'il n'y avait rien à faire
je n'avais plus de cœur
tu avais pris sa place

alors je t'ai buté, et j'ai déclaré à la ronde
Dieu est mort

OVERSIGHT

just before we were engulfed anew
once and for all this time my love

by distance and despair
though we knew by now the end was imminent, knew
we spoke in the lengthening shadow of the end

you took great pains to make clear to me
the ins and outs of a certain friend's career

you also meant to tell me, then forgot
(and now I shall never know, it is too late)

about the thunderous roiling cones of wind
that swept across the city of your youth

ah, the tornadoes!

APRÈS-COUP

juste avant d'être submergés encore
– et cette fois pour toujours, chéri –
par la distance et le désespoir

tout en sachant la fin imminente, sachant
que ses ombres épaississaient autour de nous

tu as pris la peine de me raconter longuement
la carrière en dents de scie de tel ami

tu voulais me raconter aussi, puis tu as oublié
et maintenant je ne saurai jamais, il est trop tard

les trombes de vent qui dévastaient
la ville de ta jeunesse

ah ! les tornades !

SHARING

you took Bellini
you left Whitman
you got the sculpture
I got the rug
you took my country
and left me your blues
I gave you the cold shoulder
you gave it right back to me
you bequeathed me the quilts
and a week's dirty dishes
not to mention our chili
turning blue in the fridge
you took all the Winstons
I got some nice long butts
but not a drop of liquor
to be found in the house
you left the magic photo
I sent it registered mail
I held out some hope
you shook your head
keep it, you said
it's all yours

PARTAGE

tu as emporté Bellini
j'ai gardé Whitman
tu as eu la sculpture
moi le tapis
tu as pris ma country
en me laissant ton blues
je t'ai donné congé
tu me l'as bien rendu
tu m'as légué tes patchworks
et une semaine de vaisselle sale
sans parler de notre chili festif
qui bleuissait au frigidaire
tu as embarqué toutes les cigarettes
j'ai trouvé quelques bons mégots
mais pas une goutte d'alcool
dans tout l'appartement
tu m'as confié la photo magique
je te l'ai renvoyée en recommandé
je t'ai fait miroiter un peu d'espoir
tu as fait non de la tête
garde-le, m'as-tu dit
c'est tout pour toi

THE INSURMOUNTABLE

your body
has gone from my life

your life
has gone from my body

there is no getting
over that

I only wish I could pretend
it was unimportant

a negligible Himalaya

L'INSURMONTABLE

ton corps
a quitté ma vie

ta vie
a quitté mon corps

voilà
l'insurmontable

ah ! le moyen de me convaincre
que cela est sans importance

un Himalaya négligeable

CHINA-SHOP

having rampaged
through each other's lives

we stand and stare in disbelief
at the devastation

so many places poisoned
by our happiness

so many treasures trampled
by each other's presence

then absence

each other's terrible truths
then lies

(these too are lies
but then so are all pain
killers)

MAGASIN DE PORCELAINE

maintenant, ayant saccagé
la vie l'un de l'autre

nous restons là, ahuris,
à contempler les dégâts

tant d'endroits empoisonnés
par notre bonheur

tant de trésors piétinés par
la présence de l'autre

puis son absence

les terribles vérités de l'autre

puis ses mensonges

(mensonges, ces vers aussi,
mais n'est-ce pas le cas de tout
analgésique ?)

GRIN AND BEAR IT

when we first met, remember,
so many, many minutes ago
it felt as if we were giving birth
to each other

now I long for the day
when I can tell the you inside me

– who, unlike the one outside,
hears what I say –

you bore me

LE JOUR ET L'ENNUI

quand on s'est rencontrés, souviens-toi
il y a tant et tant de minutes

ce fut comme si on se donnait le jour
l'un à l'autre

maintenant je rêve de pouvoir te dire
– à toi, celui qui vit en moi et qui,
à la différence de celui du dehors,
entend ce que je dis –

comme tu m'ennuies

WORLD RECORD

our life together was a faraway shore

I struck out for it with brazen confidence
arm over arm in a euphoric crawl
legs swishing bravely behind me
head turning rhythmically up for air

exactly halfway there I realized
I'd never make it
nor of course could I return
to the shore I'd left

so here I am
gulping salt, spewing bile
as I aim for the world record
in treading water

RECORD MONDIAL

vivre ensemble était un rivage lointain

follement confiante je me suis jetée à l'eau
un bras après l'autre dans un crawl euphorique
battements de pieds à l'arrière
j'aspirais l'air en tournant la tête en rythme

à mi-chemin tout juste, j'ai compris
que je n'avais ni la force
de franchir l'espace, ni celle
de regagner le point de départ

me voici donc
je bouffe du sel et crache de la bile
en visant le record mondial
du surplace

SECRETS

what will you do
with everything I confessed to you

my ancient pain, my foibles, all
the intimate details of my soul's
anatomy, will you stamp them

out of memory, trivialise them
to your liking, spill them

into idle conversation, exhibit them
with poetic licentiousness? oh please

take good care of my secrets

SECRETS

que feras-tu
de tout ce que je t'ai confessé

ma douleur ancienne, mes fissures
les intimes détails de l'anatomie
de mon âme, vas-tu les éradiquer

de ta mémoire, les banaliser
à ta guise, les dilapider

en bavardages frivoles, les exhiber
sous licence poétique? oh je t'en prie

prends bien soin de mes secrets

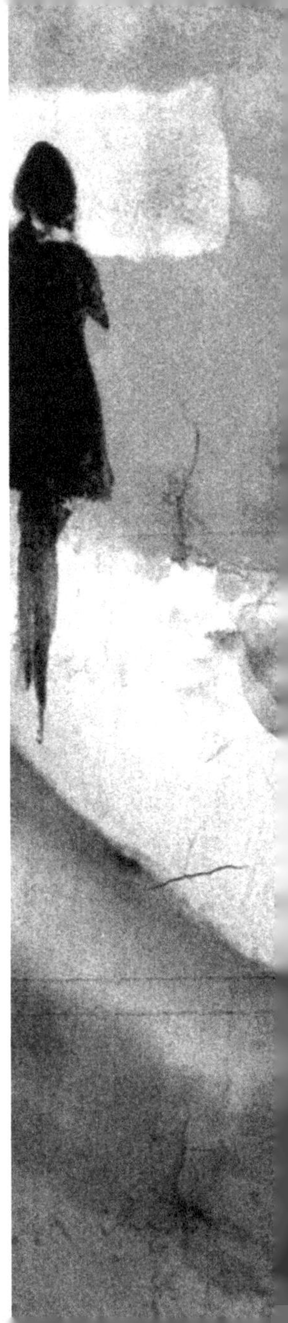

De la même autrice
Romans, récits, nouvelles

LES VARIATIONS GOLDBERG
Seuil – 1981 ; Babel – 1994

HISTOIRE D'OMAYA
Seuil – 1985 ; Babel – 1998

TROIS FOIS SEPTEMBRE
Seuil – 1989 ; Babel – 2006

CANTIQUE DES PLAINES ***(prix du Gouverneur général du Canada, prix Canada-Suisse)***
Actes Sud/Leméac – 1993 ; Babel – 1995

LA VIREVOLTE ***(prix Louis-Hémon)***
Actes Sud/Leméac – 1994 ; Babel – 1996

INSTRUMENTS DES TÉNÈBRES ***(prix Goncourt des lycéens, prix du Livre Inter)***
Actes Sud/Leméac – 1996 ; Babel – 1999

L'EMPREINTE DE L'ANGE ***(prix des Librairies du Québec, Grand Prix des lectrices de Elle)***
Actes Sud/Leméac – 1998 ; Babel – 2000

PRODIGE
Actes Sud/Leméac – 1999 ; Babel – 2002

LIMBES/LIMBO
Actes Sud/Leméac – 2000

DOLCE AGONIA ***(prix Odyssée)***
Actes Sud/Leméac – 2001 ; Babel – 2002

UNE ADORATION
Actes Sud/Leméac – 2003 ; Babel – 2004

LIGNES DE FAILLE ***(prix Femina, prix France Télévisions)***
Actes Sud/Leméac – 2006 ; Babel – 2007

INFRAROUGE
Actes Sud/Leméac – 2010 ; Babel – 2012

DANSE NOIRE
Actes Sud/Leméac – 2013 ; Babel – 2015

BAD GIRL. CLASSES DE LITTÉRATURE
Actes Sud/Leméac – 2014 ; Babel – 2016

LE CLUB DES MIRACLES RELATIFS
Actes Sud/Leméac – 2016 ; Babel – 2017

SENSATIONS FORTES
Actes Sud/Leméac – 2017

LÈVRES DE PIERRE. NOUVELLES CLASSES DE LITTÉRATURE ***(prix Transfuge du meilleur roman français)***
Actes Sud/Leméac – 2018 ; Babel – 2020

RIEN D'AUTRE QUE CETTE FÉLICITÉ
Leméac – 2019 ; Éditions Parole – 2020

ARBRE DE L'OUBLI
Actes Sud/Leméac – 2021 ; Babel – 2023

DANS LA MÊME COLLECTION

AKHENATON
La Faim de leur monde

DOMINIQUE ANÉ
Le Présent impossible

BAPTISTE BEAULIEU
La Joie et le Reste

CLÉMENTINE BEAUVAIS
Décomposée

PAULINE DELABROY-ALLARD
Maison tanière

PAULINE ET ANOUK DELABROY-ALLARD
Enracinées

LILIA HASSAINE
Des choses sans importance

PATRICIA HOUÉFA GRANGE
Métisse, et alors ?

JULIA KERNINON
Yoko Ono

TILL LINDEMANN
Nuits silencieuses
(traduit par Emma Wolff)

LISETTE LOMBÉ
Brûler, brûler, brûler

MATHIAS MALZIEU ET DARIA NELSON
Le Dérèglement joyeux de la métrique amoureuse

DORIAN MASSON
Plus de likes que d'amour

SUSIE MORGENSTERN
Je suis un génie

ARTHUR NAVELLOU
J'envisage l'impossible

SYLVAIN PATTIEU
En armes !

COLINE PIERRÉ
Une grammaire amoureuse

BAPTISTE PIZZINAT
Womanizer

SUZANNE RAULT-BALET
Des frelons dans le cœur

Couverture et conception graphique : Quintin Leeds
Révision : Isabelle Paccalet et Sophie Toussaint
Photogravure : Point 11

Cet ouvrage a été publié avec l'aimable collaboration
de La Nouvelle Agence, Paris.

L'Iconoclaste
26, rue Jacob, 75006 Paris
Tél. : 01 42 17 47 80
iconoclaste@editions-iconoclaste.fr
www.editions-iconoclaste.fr

Achevé d'imprimer sur les presses de Corlet
à Condé-en-Normandie (Calvados) en août 2023.

ISSN : 2779-9050
ISBN : 978-2-37880-379-7
N° d'impression : 23070118
Dépôt légal : Octobre 2023

L'Iconopop

Des textes brefs, intimes
et percutants
Des formes libres et variées
Cris de colère, récits ou poésies

Une littérature d'aujourd'hui
Crue et sans tabous

À lire, à dire
À écouter
À vivre sur scène

Une collection dirigée par Cécile Coulon et Alexandre Bord